KB089453

김영숙

문 득

그 립 다

초판 발행 2011년 11월 25일

지은이 김영숙
펴낸이 안창현   펴낸곳 코드미디어
북 디자인 Micky Ahn   편집디자인 장민서   교정 교열 박동경

등록 2001년 3월 7일   등록번호 제 25100-2001-5호
주소 서울시 은평구 갈현1동 419-19 1층   전화 02-6326-1402   팩스 02-388-1302
전자우편 codmedia@codmedia.com

ISBN 978-89-94178-37-0-03810

정가 10,000원

또 다른
떨림으로

살면서 그리워할 상대가 있다는 건
크나큰 축복이다
하루 종일 삶에 묻혀 지나다 문득 생각하는 사랑
맛있는 거 먹다가 생각나는 사랑
하늘 한 번 쳐다보다 한 폭의 그림처럼 생각나는 사랑
문득 문득 깨어나 아름다운 빛깔로 채색하고 있다는 거
얼마나 가슴 떨리고 따뜻한 일인가

시작이란 말은 항상 떨림이다
수많은 언어의 파편들 서로 서로 엉겨 붙어
형겨움으로 밀려왔을 때도 그 고통은
또 다른 떨림이었다
한 권의 시집으로 피어나기까지

이제
또 다른 떨림이 날 기다리고 있다
고통 속에 피는 꽃은 향기가 있지 않은가
그 향기 속에서 나의 스승 지연희 교수님과 사랑하는 가족
나의 열매, 내가 아는 모든 이들과 함께 새로운 여행을 떠나야겠다

2011년 가을 어느 날

1 그가 나에게로 왔다

꽃물 들던 날

2

차례

3

빗속에서 울다

부딪치는 곳엔 자국이

4

5 하루가 비에 젖는다

1

그가 나에게로 왔다

꽃길

피곤에 지친 길손들에
손 흔드는 꽃길

슬픈 눈으로 널 바라보면
환한 웃음으로 마음 바꿔주고
기쁜 마음으로 바라보면
넌 기쁨이 배가 되어
더욱 아름답게 물든다

꽃의 속삭임에
마음의 빗장 열고
세상에서 가장 아름다운
꽃길 가꾸어야지

문득 그립다

문득 네가 그립다
햇빛이 나를 비춰 그림자 하나 만들 때
초록나무 그늘아래 놓여 있을 때
그리움은
소리 없이 밀려와 온몸에 흐른다

문득 네가 그립다
찬바람이 나의 등줄기를 스칠 때
발등 위로 낙엽이 소리 없이 내려앉을 때
그리움은
나의 핏줄 속을 흐른다

문득 네가 그립다
삶의 변두리 창가에서
바람 따라 눈이 내리고
촛불이
그리움의 무게로 촛농 되어 흐를 때

문득 네가 그립다

그런 사람

오늘도
홍당무처럼 열을 올리고
시퍼런 목 줄기 세우며
들이대는 나

허 허 허
너털웃음으로 화답하는 당신
그 웃음에
속은 더 타들어 가는데
그저 웃는 당신은
속 좋은 남자
속없는 남자

그렇지만
그런 사람 옆에 있어
주방엔 꽃이 핀다

그 여자

일 년에 허물을 네 번 벗는다
봄
여름
가을
겨울
계절이 바뀔 때마다
그녀는 그렇게 이틀씩
아니 일주일씩
이불 속에서 허물을 벗는다

계절은
그냥 그렇게 쉽게 오는 게 아니다
그 여자의
온몸에 피어나는
열꽃

그가 나에게로 왔다

그가 나에게로 왔다
난 모른다

오솔길 낙엽을 밟으면서도
모락모락 피어나는 커피 향에서도
검은 연기 펄펄 날리는 버스 뒷자리에서도
난 모른다

놀이터 그네에 앉아
오르락내리락 현기증을 느끼면서
사랑의 현기증은 느끼지 못했다
그가 뭘 원하는지
그가 뭘 말하려는지

시간이 흐른 지금
난 안다

고독한 사랑

그네

어린이 놀이터가 없던 시절
누군가
산언저리에
나뭇가지 사이로 줄을 매달아
그네를 만들어 놓았다

그네 위에 앉으면
하늘과 바다가 맞닿아 있고
마을과 네모난 논과 밭이
내 작은 눈 속에서
그네를 탄다

수십 년이 흐른
지금
여전히 난 그네를 타고 있다
아슬아슬한 세파 속에서

광교산 둘레길

일주일에 한번
둘레길 걸으며
마음 다스리기 중이다

걷다 보면
거기엔 졸졸졸 흐르는
계곡물 소리 맑은 공기

앞만 보며 걷는 나
선배님 걸어온 발자취 살펴가며
느리게 걷는 법 배운다

일주일 한번
광교산 둘레길
너로 인해 난 맑은 시냇물이다

고향

누워서 보는 하늘
여전히 눈부시다

새소리 바람 소리에 이끌려
기억 저편 둑길 위
가방을 팽개치고 누워있는
소녀가 보인다

느긋하게 흐르는 시간 속
밭을 갈고 있는 늙은 소와 농부가
한 몸처럼 보인다

언제나
변함없는 웃음으로 맞아주는 아버지와
언제나
소리 없이 반겨주는 내 고향 달리도는
닮은꼴이다

1박 2일

칠 공주의 휴가
빨간 스포츠카
머플러 휘날리며 달리는 고속도로 위는 아니지만
가을의 문턱임을 알리는 코스모스 길 따라
정박한 곳
작은 항구 민박집

광어 우럭 도미의 눈을 피해
가자미 한 접시와 매운탕으로
부족한 음식은 칠 공주의 수다로
넉넉하고 푸짐한 저녁을 먹으며
서로의 얼굴에 무지개 핀다

친구란 그런 거
서로의 그늘을 덮어주고 그 위에
반짝이는 햇살을 만들어 주는 존재의 향기
비릿한 바닷바람에 취한건지
아님 수다에 취한 건지 얼굴들 위에
봉숭아 물 예쁘게 물들었다

코쿤 하우스

점점 작아지고
점점 멀어지고
점점 떨어지고
점점 쓸쓸해지고
점점 혼자 사는 이가 늘어나
점점 자신만의 공간을 찾아 헤매는
코
쿤
족
이 늘고 있다

네 잎 클로버

옹기종기 모여 사는 클로버 동네
행운을 가져다준다는
파란 네 잎 클로버

몇 개의 네 잎 클로버를 찾기 위해
나는 얼마나 많은
세 잎 클로버를 짓밟아 놓았던가

그곳에 가면

성남 도촌동
그곳에 가면 내 고향 달리도의 축소판이 있다
도심의 빌딩 사이를 지나
물밑까지 환히 들여다보이는 개천이 흐르는 곳
항상 웃으며 반겨주시는
친정부모 같은 분이 계신 곳

봄이면 각종 야채를 심어 푸른 파티하고
여름이면 개천에 발 담그며 먹는 붉고 달콤한 수박 맛
수많은 포도송이에 고향 추억이 주렁주렁 열리고
가을이면 군고구마에 모락모락 김이 오르고
겨울이면 모닥불에 환담이 오가는 곳

그곳에 가면
내 고향이 잠시 마실 나온 것 같다

난 어떤 색

너
왜 오늘은 그리 빨가니
넌 분홍색이었는데
아니야,
원래 빨간색이었는데
네가 분홍색을 좋아한대서
내 색깔을 조금 지운 거야
미안…
오늘은 깜박 잊고 나왔네!

귀 기울이던
개구리 개굴개굴 울며
팔딱팔딱 뛰어간다

날아옵니다

민들레꽃이 피었습니다
민들레 홀씨되어 날아갑니다

방사능이 날아옵니다
불어야 되나
말아야 되나
고민 고민 합니다

비가 옵니다
맞아도 되나
피해야 되나
고민 고민 합니다

이천십일 년
봄은
참 무섭게 오고 있습니다

나만의 향기

아이가 침대 위로 폴짝 뛰어올라
내 베개에 코를 묻더니
나를 보며 배시시 웃는다
엄마!
여기선 엄마냄새가 나
좋은 냄새
....

나에게도
잊을 수 없는 향기가 있다
오직 그에게만 느낄 수 있는 향기
세월이 지난 지금도
난 가끔 그 향기가
그립다

오늘따라
고향 쪽 별들이
유난히 빛을 발한다

나

수많은 언어의 옷
몸에 두르고
아름다운 날갯짓으로
창공을 거침없이
날아오르고 싶다

노력 없이 대가를
바라는
실오라기 하나 걸치지 않은
맨살

하나 둘 아름다운 색으로
물들여진
언의의 옷 입혀
긴 여정이 끝나는 날
무지갯빛
방패로 삼고 싶다

꽃보다 아름다운 너

온 천지가 꽃으로 뒤덮인 이쯤
난 꽃보다 아름다운 너를 보았다

보는 아름다움에서
풍기는 아름다움으로

꽃물 들던 날

쨍한 여름

파란 하늘 뭉게구름 위로
꽃물 퍼지던 날

내 얼굴에
꽃향기와 함께 복숭아 빛

아이에서
소녀 되던 날

사탕부케

색동옷을 입은 동그란 사탕
친구는 그렇게 생일 맞은 나에게
사탕사발을 선물했다

유난히 단풍잎이 붉은 가을날
병상에 누워 있던 친구에게
농담으로 주고받던 무의미한 말들뿐
진정 아파해주지 못하고
돌아오는 발걸음 위에
서늘한 바람이 일었다

어느 날 문득
창가에 걸어둔 사탕다발에서
흘러내리는 눈물을 보며
나는 한동안 고개를 들지 못했다

새벽

동이 트기 직전의 아침은
잿빛이다
서호저수지를 두 바퀴 돌며
침묵 속에 잠긴
새벽을 흔들어 깨워
아침을 여는 사람들을 생각한다

농산물 새벽시장
신문
우유 배달원
환경미화원
·

·

이들이 있어 새벽은 늘 활기차다

때론
거북이 등껍질을 짊어지고
땅만 보며 길을 걸을지라도
새벽이란 희망이 있어
빛나는 아침을 열어가는 것이다

마른 꽃잎

손대면 산산이 부서져 버릴 것 같은
마른 꽃잎 하나
손등에 붙은 시퍼런 실핏줄
마지막 남은 수액을
마시고 있다

영원할 것만 같던 꽃잎

바람 부니
어깨 짓누르던 삶의 무게
새의 깃털처럼 흩어져버리고

이제는
홀가분한 모습으로 돌아서는
마른 꽃잎 하나

마른 가지

하루에 한번이라도 고개 들어
푸른 하늘 바라볼 수 있다면
하루에 한번이라도
나를 지울 수 있다면

힘든 공간이다
시간의 흐름 속에 본능적으로
몸을 움츠리고 가시에 찔린 듯
동물의 신음 소리를 낸다

시들어가는 마른 가지 하나
어둠 속에서 힘겨운 시간
힘겨운 손
침묵이다
안개 밭이다

맑은 하늘에 눈물이

맑은 하늘에
눈물이 흐르는 것은 마음이
서글퍼서가 아닙니다
지나온 세월이 아쉬워서가 아닙니다
이따금 창자가 뒤틀어져 울컥 설움이 돋아
그것이
눈물이 되어 흐릅니다

누군가에게 상처 받아서가
아닙니다
그냥 눈을 감으면 그 무엇 하나 날아와
나의 눈에 박히기 때문입니다
겉으로 멀쩡하게 보이나
무엇인지 모르는 그 무엇이 이따금 가슴으로 스미어
오늘같이 맑은 하늘에
소나기가 내리듯 그냥 울컥합니다

바람과 나무

바람이 나무에게
친구가 되어주겠다고 한다
이쪽저쪽으로 흔들어대며
같이 여행을 떠나자고 한다

홀로 서 있는 나무는
바람과 함께 춤을 추면서
두껍게 쌓여 있던 빈껍데기들
하나하나 떨어뜨리며
새로운 잎을 피운다

외로움의 늪에 묻혀 있던 나무
바람과 함께 긴 여행을 떠난다

바람 소리

계절은
시계 바늘처럼 잠시도 쉬지 않고
온갖 화음과 빛깔을 내보이며
움직이고 있다

차 소리 사람 목소리 바람 소리
그 소리의 흐름 속에
가만히 나를 맡긴다

긴 여운을 남기는 소리 하나
때론 그로인해 쓸쓸해지기도 하고
때론 그로인해 시원하게 마음을
비우기도 한다
이제 깨어나
그와 함께 합류하리라
내 마음에 먼지를 날려 보내리라

바람 소리

바람이 분다

바람이 내 허락도 없이
우리 집 파란 대문을 박차고 들어와
마당 한가운데서 휘몰아치더니
구석에 얌전히 놓여 있던 메리의
밥그릇을 허공을 향해 내동댕이친다

순간 나를 향해 돌진해오는 바람
이렇게 사나운 바람과 마주칠 때면
독수리처럼 독한 여자가 되어야 한다

바람이 분다
나는 우리 집 기둥을 꼭 움켜잡는다

봄이다

봄이 터진다
여기저기
겨우내 기다리던 동백
빨간 입술로
웃음을 터트린다

너의 입술 내 볼에 입 맞추면
두근거림에 내 볼 또한 물들고
바람 한 자락에
흔들리는 빨간 입술들
나도 따라 흔들거린다

봄이다

어머니

젊은 날 당신이 뿌렸을 비는
희망이란 열매로 당신 곁에
큼직하니 자리 잡고
당신의 영양분을 먹고 자란 열매 곁엔
뱀 껍질처럼 쪼글해진 형태로 당신은
여전히 자리를 메우고 있습니다
아픔을 게눈 감추듯이 하신 당신
이제 더 이상 물러나지 못해
퉁퉁 부어오른 발 살며시 내밀며
미안해하십니다
일흔이 넘기시도록 맨발로
들녘의 황토밭을 누비며
토실한 열매를 열리게 해준 당신
당신의 동그라미 같은 사랑 생각하니
가슴 한 켠에서 소리 없는
비가 내립니다

어머니
사랑합니다

여유

머리 위에 있는 하늘이지만
마음의 여백을 두고
눈이 시리도록 빠져 본 일이 없다
매일 마시는 커피지만
향기로움에 취해 본 적 없고
오고 가는 차 안
생생한 음악에 흥겨웠지만
선율에 젖어 눈을 감아 본 적이 없다
내일이 있다는 여유로운 생각보다는
오늘 하루 바쁘게 살기에
힘들다는 생각뿐
오늘 하루만이라도
어제 같은 내일이 아니길 바라며
눈이시려 눈물 흘릴 정도로
넉넉한 여유를 부려보고 싶다

여행

평소에 느끼지 못했던 그 어떤 것들이
말간 피부에 와 닿아
뇌리를 춤추게 하는 것

일출과 일몰을 보며
내가 나 이상이기를 소망하고
모처럼 하늘을 올려다보며
지금 이 순간의 존재에 들떠서
야호 소리를 질러본다

생각을 키우고
감정을 키우고
마음의 폭을 넓힌다
짧은 시간에 영혼이 밝아지고
어제를 탈탈 털며
일상으로부터 해방을 맞는다

내일의 따뜻한 햇살 한 줌
가방에 챙겨 넣는다

비와 찻잔

창문 너머로 슬픈 빗방울
낯선 이별을 전합니다
영원한 사랑을 말하던 그대
젊은 날의 사랑을 지우고
모르는 이처럼 돌아서는 발걸음 위에
장대비가 내립니다

오늘도 여전히 가랑잎에
빗물이 떨어지고
내 영혼을 적십니다
진실 된 사랑이란
참으로 쉽고도 어렵다는 걸
알았습니다

사랑이 머물던 시절
비와 찻잔 속에 흐릅니다

오늘도 여전히 가랑잎에
빗물이 떨어지고
내 영혼을 적십니다
진실 된 사랑이란
참으로 쉽고도 어렵다는 걸
알았습니다

〈비와 찻잔〉 중에서

3

빗
속
에
서

울
다

김
영
숙
詩
集

비움

시원스레 여름 빗방울이 떨어집니다
무지갯빛 우산들이 흘려 갑니다
비워야 채워지는 삶
하늘도 저렇게 가끔씩 시원스레
비우나 봅니다

빗줄기가 갠 아침
탱글탱글한 햇살이 피어납니다

빗속에서 울다

소나기 내리는데
빗속에
그녀가 있다
비가 좋다는 핑계로

나도 따라
그녀 옆에 나란히 서 있어 본다
물줄기가 머리에서부터 흐르는데
그건 빗물이 아니라
뜨거운 그 무엇

그녀와 난
한참을 그렇게
빗속에서 마음을 씻고 있었다

뻥튀기

그녀 뻥 과자를 무척 좋아해
길 가다가 뻥 과자만 보면
그냥 지나치는 법이 없지요

어느 날 그녀
뻥 과자를 흘끗 보더니
아무 말 없이 그냥 지나치고 있네요

뻥튀기 아저씨
십 원짜리 주면 백 원으로 뻥 튀겨 준단 말에
그녀는 돼지 저금통 찢어 모두 가져다주었대요
세상에나!!!
뻥하고 구름 따라 날아가 버린
수많은 뻥 과자들

뻥 과자를 좋아하는 그녀
오늘
축 처진 눈으로 하늘 한번 쳐다보더니
한숨 소리가 맨땅에 헤딩하네요

사랑을

사랑을
한없이 줄 수 있는 이가 있다는 건
큰 행복이다
받는 것보다 주고 싶은 마음을
나에게 심어주고
때론 내 안 골방에
지독한 열병처럼 번지는 그리움을
심어주는 사랑을
줄 수 있는 이가 있다는 건
커다란 축복이다

사랑을…

사랑 볼 수만 있다면

사랑
볼 수만 있다면
서로의 사랑 앞에 누가 더
많이 사랑하는지 투덜거리지 않고
부족하면 더욱더 채우기 위해
항상 노력할 텐데

사랑
볼 수만 있다면
궁금증 하나 줄어들어
노력 없이 바라지 않고
백 프로를 채우기 위해 열심히 살며
순간 헤매다가 이 프로가 부족하면
다시 온 힘을 다해 돌진할 텐데

사랑
받아도 받아도 부족하고
주어도 주어도 부족한
늪…

난 내일도 당신의 꽃

국화꽃이 피었습니다
옹기종기 모여 있는 화분 속에서
화분 하나 골라 가슴에 안았습니다

처음 안아본 국화 화분
왠지 자꾸 곁눈질하다
그윽한 향기에 나도 몰래
깊은 숨을 들이마십니다

해가 잘 드는 거실창가
어제보다 더 활짝 웃고 있습니다
당신이 날 선택함으로써
난 당신을 위한 꽃이 되었다고
환한 미소 날리고 있습니다

난 내일도 당신의 꽃입니다

달팽이의 하루

스멀스멀 스 멀
끈적끈적 끈 적
침대 거실 소파
몇 평 안 되는 공간 안에서
영역 표시해 가며 오늘도
살아 있음을 느낀다

해도 따라 스멀거리며
눈앞에서 멀어질 쯤
달팽이는 장바구니 옆에 붙어
잠시 콧바람 맞으며
실개천 하나 건너
싱싱한 야채밭에 머물다
야채 속에 묻혀 있는
또 다른 달팽이들을 보고
환한 미소 날린다

이곳에 오면
여기저기
자기 영역 표시하는
달팽이 친구들이 참 많다

달팽이의 눈물

이 밭 저 밭에 사는 달팽이들
살아 있을 동안은 함께하자며
만든 모임

가슴이 아파 수술한 한 달팽이
머리에 예쁜 가발을 쓰고 자리에 앉아 있다
얼굴도 많이 좋아 보인다며 한마디씩 건넨다

미용실 가기 힘들었다면서 살포시 입을 연다
미용실 창문을 걸어 잠그고 커튼을 닫아주며
조심스럽게 머리카락 밀어주고
정성 드려 머리를 감겨주더니
요금도 받지 않고 웃어주던 천사 같은 미용실 원장
울지는 않았다고 한다

순간
정적이 흐르고 서로를 쳐다보지 못하는
달팽이들
그 손길 너무 아름다운 까닭인지
아픈 달팽이의 가녀린 목소리 때문인지
괜한
방바닥만 손으로 자꾸 긁고 있다

벚꽃

필 때도 지 맘대로 피더니
질 때도 제 맘대로다

온 세상을 덮을 듯하더니
돌아서니 꿈결이다

봄날은 짧다

사랑

그대가 머무는 내 안에
행복이 흐르고
그대가 바라보는 별빛 속에도
내 사랑이 흐르네

흐르는 사랑 위에 입맞춤하며
입술의 향기에 까무치건네

감미로운 목소리로 그대를 부르면
그대는
매혹적인 속삭임으로
화답하네

그대를 사랑하는 게 나의 행복
그대를 내 안에 잠재우는 것도
내 행복이네

연초록

빈 나뭇가지에
메마른 잎새가 된다는 건
미치도록 아픈 일
구멍 뚫린 허전함으로 밤을 보니
수분이 빠져버린 캄캄한 세상

새벽 신선함으로 물이 올라
연초록 무늬를 띄우고
시원한 바람결에 떠다니다
초록색 표피로 입맞춤한다

끈

하루 이틀
머리가 지끈거리며 온몸이 눕고만 싶다
침조차 삼키기 힘들 때쯤
세금고지서 날짜에 못 이겨 은행 다녀오던 길
약국에 들렀다
병원에 들러 주사 한 대 맞으면 수월해질 텐데
병원문은 항상 높아만 보이고
약기운만 떨어지면 또 그렇게
괴롭힘을 당하고 있을 때쯤
아이가 학교에서 돌아와 허리가 아프다며
눕는다
난 반사적으로 몸을 일으켜
병원가자 하며 현관으로 향한다
내 자신보다 내 끈에게 민감하게
반응하는 나를 본다

병원 문 옆 어느 노부부의 골다공증 선전이
눈에 들어온다

오늘 만큼은

나를 지워보기로 했다
오늘 만큼은
이타의 날개를 달아보리라

마음이 왜 그리 환해지는지
생각만 해도 붕붕 나는 기분이 든다
지나가는 모르는 사람들에게도
눈인사를 건너며 실없는
여자처럼 실실 웃는다

약속시간에 늦을 것 같아
택시를 탔다
"아줌마 문 좀 살살 닫으세요"
순간 아줌마란 소리에 화가 치민다
오늘 하루도
나를 지우지 못했다

오늘은 그런 날

무심한 얼굴을 하며 버스 뒷자리에 앉아 있다
멍하니 창밖 풍경에 눈을 맞추며
덜커덩거리는 불편함에 가끔씩 얼굴
금이 가고 있을 때쯤
저 멀리 노점상의 호박
중심을 잃고 구르기 시작한다
할머니도 같이 넘어진다
다리가 삐신 건지 절뚝거리며 안고 있는 호박
흙을 터시는 할머니

버스에서 내려야 되는데 힘이 없다
흐린 하늘을 올려다본다
평상시에 스쳐 지나갈 풍경과 말들이
가슴에 박히는 날
오늘은 그런 날이다

은행잎 시집가는 날

가로수 잎들
예쁜 옷으로 새 단장하고
고운 님 어깨 위에 사뿐히 내려앉아
행복이 넘치는 그곳에 가고파
한들한들 춤추고 있다

밤하늘의 별들도 초롱초롱 열려
물들어 있는 은행잎의 볼
더욱더 선명히 빛나게 하고
또 하루 부푼 꿈을 꾼다

바람 세차게 불어대도
서로가 서로에게 위안이 되고
책 갈피 속 님의 손이 머무는 곳 그곳으로
시집가기 위해 안간힘 쓴다

이 가을엔

이 가을엔
빠알강 요정 따라 여행 한번 떠나볼까
바람에 몸을 실어 파아란 구름 타고
고향 들녘에 고추잠자리도 만나
잊고 지낸 동무들 안부도 물어보고
고향집 담벼락 햇살 밝은데
기대어 쉬어도 보고

이 가을엔
예쁜 색 물들이며 절정으로 치달리는
요정들 몸부림 위로
내려앉는 가을비나 되어볼까

이 가을엔…

누군가 갔다둔 양철통 속으로
통 통 통 양철소리를 내며 떨어지는
빗방울소리가 왜 그리 맑고 정겹게
느껴졌는지

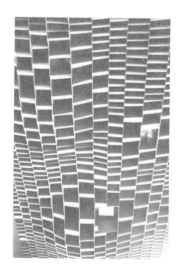

〈하루가 비에 젖는다〉 중에서

4

부딪치는 곳엔 자국이

김영숙 詩集

부딪치는 곳엔 자국이

책상 모서리에 살짝 부딪쳤는데
무릎 위 선명한 자국으로 남고
어제 네가 나에게 쏟아 부은 말들
가슴에 금을 긋는다
파도는 바위에 부딪혀 움푹한 구멍을 만들고
스스로 시퍼렇게 멍이 들어
아픈 거품을 쏟아낸다
하지만 부딪치는 곳에
항상 생채기만 남지는 않는 법
꽃과 나비는 서로 부딪치며
생명을 이어가고
사랑하는 사람들은 서로 부딪쳐
아름다운 색깔로 물들어 가고
이렇듯 서로 부딪치며 사는 거
싫든 좋든 하루가
나에게로 와 부딪치고
그렇게 살아가는 거
우린
거기에서 제일
아름다운 자국으로 남길
바라는 거

단풍

피다
온산이 피로 물들었다
얼마나 아플까
얼마나 괴로워하며
흘리는 피일까

괴로움 가득
울긋불긋해져
온 사방으로 퍼진다

분신 한 조각 주워본다
슬픈 자태 속에
작은 보람 하나
깃들어 있다

나를 희생해서
누군가를 위한다는 것
고통 속에 피어나는 꽃

분신 – 나의 반쪽

나의 분신 반쪽은

늘 곁에 있다는 것만으로도
내 삶에 뚜렷한 물결을 만드는 것

늘 곁에 있다는 것만으로도
내 삶에 자양분을 주는 것

늘 곁에 있다는 것만으로도
내 삶에 밝은 등불이 켜진다는 것

늘 곁에 있다는 것만으로도
사랑이 향기롭게 채워진다는 것

나의 분신 반쪽은

항상 같이 있어야 빛을 발하며
예쁜 꽃을 피울 수 있다는 것

새의 날갯짓

우울해진 오후
영화 한 편 봤다
영화 속 주인공
새는 왜
날갯짓을 쉬지 않고 퍼덕이는지
묻는다
．．．．．．．．．．．．．．．．．．
그건
떨어져 죽지 않기 위해서란다
나도
세상 틈새 속에서
열심히 퍼덕이고 있다
．．．．．．．．．．．．．．．．．．

세상을 놓아버린 그녀

주렁주렁 매달린 엿 과자
그 덫에 걸린 나
학교수업 땡하기 무섭게
흰 띠로 아이를 업고 작은 손에 쥐어진 엿 과자
그렇게 그녀의 집에
아이 봐주는 아이로 엿 과자 엮여 있듯이
엮여 있었다

날씨가 어수선하다
저기 먼 곳에서 그녀가 오고 있다
밭두렁 논두렁 나뭇가지 휘저으며
사랑하는 이 먼저 보내고
힘든 세상 아이와 살다 그만 넋 놓아버린 그녀
빠른 걸음으로 내 옆을 스치며
하얀 미소 날리는 그녀
내 작은 손에서 녹아내리던 엿 과자

한 마을에 한 명씩은 자신을 놓아버린
그녀들이 있었다

세상이 아름다운 이유

이슬비 포근하게 내리는 오후
쇼핑타운 안으로 들어서니
옹기종기 모여 있는 반가운 얼굴
이십 년 만에 만난 친구들 얼굴
한참이나 들여다보고서야 더듬더듬 이름들 외치고
세월의 무게만큼이나 삶을 엿볼 수 있었다
서로의 안부를 확인하느라 쇼핑타운 휴게실은
우리들 차지가 되고
한참을 떠들다 사라진 친구 몇 명
쇼핑타운에서 우산을 한정 판매
거기가 줄 서있다 한다
이십 년 친구보다 우산이 먼저라고?
주부들의 함정 '세일' 이란 단어 속에
살림의 소금맛 세월의 소태맛을 본다
한 손에 우산 하나씩 잡고
뛰어오고 있는 친구들 보면서 건강한 모습으로
만날 수 있는 행복 세상이 아름다운 이유다
밖엔 환한 햇살 우리들 얼굴에 내려 앉았다

소금 꽃

바람 햇살
땀으로 피는 꽃
생명의 보석이라 불리는 꽃이라 하네

생각만 해도
행복바이러스가 피는 꽃
그 꽃들로 눈물 웃음 행복 맛보네
어제는 좀 짭짤했고
오늘은 좀 심심하고
나에게 딱 맞는 맛은 아니지만
상관없다네
그저 옆에
피는 것만이라도 향기롭고 행복이네

오늘도
화사한 맛깔로 채워줄
소금 꽃이라네

슬픈 언어

나는 너를 울리고
너는 나를 울린다

나는 너를 괴롭히고
너는 나를 괴롭힌다

한번 떠난 나의 말은
비수가 되어
나에게 돌아온다

눈을 뜨면 사랑하리라
다짐하지만
반시도 지나지 않아
잊혀진다

하루에 몇 번씩
가슴 아리게 슬프고
하루에 몇 번씩
가슴 찢어지게 슬프다

시간

커튼이 드리워진 적막감
창밖 세상 내려다본다

길옆 신호등 계속해서 내리는
눈보라에 순한 눈만 껌벅거리고
생각할 틈도 주지 않고 흐르는 시간 속에
우리들의 가슴은 가뭄의 두레박처럼
비워 가는데

하루하루
순박하고 정직하게 살자는
희망이란 물을 마시며
일어서게 하는
용기와 사랑이 있어
행복하다

아카시아

당신은 바람으로 내게 왔음을 알리고
난 당신의 향기로 당신임을 압니다
이따금 스치는 바람으로
난 한줄기 그리움 되어
바람결에 춤추는 당신을 봅니다

멀리 있어도 당신임을 이토록 강렬하게
전하고 있는데
난 당신에게 무엇으로 알리고 있는 걸까요
어쩌면 내가 곁에 있는 것조차
모르지는 않겠지요

당신은 하얀 솜사탕으로
허기진 나의 마음을 채워주고
맑은 향기로 나를 위로해 줍니다
당신을 사랑합니다

알아 간다는 것

알아 간다는 건
설레임이다

하루하루 많은 사람 틈에 끼어
누군가 소개받으며
또
자기 스타일대로 누군가를 고르면서
그렇게 친해진다

누구인지
무엇하는 사람인지
가슴 콩닥거리는 떨림

이 가슴
콩닥이는 날까지
야호 ~~~

잿빛 하늘

잿빛 고요 속에 잠겨 있는 시간
창문 너머로 흐르는 구름을
바라보는 검은 눈동자는
혼자라는 사실에 잿빛 안경을 씁니다

뿌옇게 보이는 모든 사물들
삶의 그림자 같습니다

달아나는 계절의 뒷모습을 보며
슬퍼하기보다는
내일의 길에
한 송이 환한 꽃을 피우려 합니다

정든 이

내가 너무 무심했나 봅니다
시시때때로 물을 주었어야 했는데
하루하루 지나치다 보니
나무 하나를 잃어버렸습니다
항상 제 옆에 그리 오래 버티고 있던
나무를 생각하니
마음이 아려옵니다
소중한 나무를 잃고서야 정신이 번쩍 듭니다

때론 활짝 피어 마음의 위로를 해주고
머리가 복잡한 날은 나무 곁에 앉아
쉬기도 했는데
이젠 그만이 가지고 있는
소중한 향기도 사라지고
숨가쁘게 살다 보니
떠난 후에 후회하고 아파합니다
기회가 다시 찾아온다면
고운 빛깔로 다시 태어나시길

정상

내가 나를 짊어지고 산에 오르네
너무 무거워 헉헉거리며 오르는데
옆을 스치는 이
"아이구 죽겠네" 하네
물 한 모금 마시며 하늘 한번 쳐다보니
갈색 옷이 나부끼네
세상이 조금씩 멀어지니 몸이 가벼워오네
옆에 스치는 이
"아아 시원해" 하네
시원한 바람과 함께 정상이 눈앞에 펼쳐지네
산은 나에게 정상의 자리를 잠시 빌려 주네
사연들로 얼룩진 허기진 판도라 상자를 내려다보며
산 정수리의 숨소리를 듣네

조약돌

홀씨 민들레 훨훨 날리며
도착한 자그마한 바닷가
반쯤 섞여 있는 갯벌
지긋이 맨발로 밟아보니 감촉이 부드럽다

내내 무거웠던 도심의 찌꺼기
짭짤한 바다 냄새 싱그러운 바람으로
흩어지고
크고 작은 조약돌로 수놓아진
하트모양의 예쁜 집
그 안에 달콤 쌉쌀한
사랑이 숨쉬고 있다

따뜻한 오후
갯지렁이들 소풍 나왔나
조그마한 돌 위에
무늬도 가지가지
얼룩말들 염색되어 있다

거미줄 무늬로 떠나온 마음
파란빛으로 염색되어 돌아오는 길
바닷바람이 달콤하다

지금 이대로

지금 이대로 머물렀으면 좋겠다

꽃잎이
떨어지는 아쉬움과 상실보다는
아름답게 꽃을 피웠다는 행복감에 미소 짓는
지금 이대로

순간을 사랑하고
사랑의 빛깔과
꽃의 향기를 간직하며
포근한 눈빛으로 머물렀으면 좋겠다

지금 이대로
머물고 싶다

5

하루가 비에 젖는다

김영숙 詩集

지렁이

비가 땅을 열심히 파고 있네요

엄마는 가끔 용돈을 주면서
하루 종일 땅 파봐라 동전 한 닢 나오나
잔소리를 해대곤 했죠

오늘은 내 대신 비가 땅을 파고 있어요
한참을 들여다보니
돈이 아니고
지렁이 한 마리 나왔어요

세상 밖으로 나온 지렁이
마구 떨어지는 빗줄기에
정신이 하나도 없나 봐요
몸이 산산조각 날 것처럼 쓰리고 아프겠죠

천둥 번개 치는 밖으로 나왔으니
이젠 알겠죠
세상 무섭다는 걸

집 나오면 고생

물방개 두 쌍
세 마리 붕어가족이 살고 있는
조그마한 어항 속으로 이사 왔다

해가 뜨면
방개와 붕어가 친해지고 있는지
바라보는 거 일과가 되었다

그러던 어느 날
방개 세 마리 가출했다며
온 집안이 시끄럽다

집안 구석구석
조그마한 방개를 찾으려고
두 눈이 욱신거릴 때쯤
현관 밑에서 남편이 한 마리 체포
행방이 묘연한 두 마리
집 나가면 어떤 맛인지 느끼고 있겠지

첫눈 내리던 날

첫눈 내리던 날
다들 좋아서 아우성인데
난
까닭도 없는 슬픔이 몰려왔다

막걸리 한 사발에
조각난 파전을 뜯어 먹으며
질식사 할 것 같은 현실에
손톱을 물어뜯으며 열변을 토하고

스쳐 지나간 추억의 향기를
막걸리에 타서 마시고
가끔 창밖 눈송이에 눈을 마주치면
각자의 삶에 대해 되새김질하다
붉은 노을이
산모퉁이를 돌아갈 쯤
붉게 물들어 버린 얼굴을 보며
서로 원하는 방향으로 몸을 돌려
흩어진다
첫눈 오는 날

청춘아

청춘아, 내 청춘아 어딜 갔느냐~~
할머니 한 분 버스 옆 좌석에서
흘러간 유행가를 구성지게 부른다
노인정에 가면 화투만 쳐 허리 아파
할머닌 종착역이 보인다며 속에 불이 난단다
불이 난다는 건
이루지 못한 꿈들 때문
아님 버스유리창에 비친 자신의 백발이
믿기지 않아서…
늙는다는 거
청춘이 꿈을 싣고 버스 타고 멀리 떠나가 버린 거
마음이 몸을 받아들이지 못하는 거
괜스레 눈이 흐려진다

동반자

내가 바라다 본 것은 무엇이었을까
저 하늘거리는 잎
아님
잎을 받치고 있는 가지
아님
가지와 잎을 받치고 있는 둥치
아니
때어 놓을 수 없는 한 몸

하루가 비에 젖는다

땅속 깊이 묻혀있던 그리움 하나
살며시 고개를 들며
마음 깊은 곳에서 부활한다

어린 시절
처마 밑으로 떨어지는 빗방울
쪼그리고 앉아 손바닥으로 받쳐보면
산산이 부서져 얼굴과 가슴속 깊은 곳까지
잔잔한 파문을 일으키곤 했다
누군가 갔다 둔 양철통 속으로
통 통 통 양철 소리를 내며 떨어지는
빗방울 소리가 왜 그리 맑고 정겹게
느껴졌는지

하루가 비에 젖는 날
베란다 밖으로
작은 화분 하나 내다 놓는다

하루의 한 장

하루에 한 장씩 그림을 그리네
오늘은
초상화만 수없이 그리다가
지우기를 반복하며
하루의 페이지를 물들였네

하루에 한 장씩 밖에
그릴 수 없는 인생 노트
가끔 쓰다만 편지처럼
팽개치고 싶지만
그것하고는 다르다네

하루하루
예쁜 색칠 해가며
책 마무리에 행복했다고
그리고 싶네

파도

깊은 밤
파도는 잠들지 않고
내 후벼파는 가슴의 통증을
시원스럽게 쓸어내린다

머리위에 하얀 포말 듬뿍 이고와
푸석푸석한 모래 알갱이와
말라비틀어진 내 가슴의 물결
촉촉이 적셔준다

사람들은 네 곁으로
몰려와 아우성을 친다
한해를 돌아보는 사람
한해를 설계하는 사람
상처 방황 두려움 괴로움
세상의 모든 것들 네게 던져도
너는 잠들지 않고 팔을 벌린다

파도야
이 밤 나를 잠들지 말게 해다오

하나의 낙엽

하나의 낙엽
계절의 모퉁이에서
나를 깨우고 있다

모르는 사람으로 만나
마음의 창을 열고
가까이 다가가는 건
쉽고도 어려운 일

비밀 없이 너를 대하고
너 또한 나처럼 그러기를
바랬는데
그냥 좋기만 해서
멀어질까 두려워서
몽땅 다 알려고 했던 욕심
널 지치게 했나 보다

메마른 마음
풀 돋게 하여
꽃피우게 했던 너
이젠
하나의 낙엽으로 뒹군다

하루 안에 일 년

싱그러운 이슬을 머금은 채
기지개를 켜며 눈뜬 아침햇살은
나에겐 산뜻한 봄이야

뜨거운 태양이 내려쬐는 도심한복판
한 마리 개미 되어 빌딩 속을 헤매는
나에겐 뜨거운 여름이야

태양이 서서히 지쳐 시들해질 쯤
열심히 모아온 풍성한 나의 곡식을 거두는
나에겐 풍성한 가을이야

저녁노을 맛을 보며 무거운 짐 내려놓고
나의 보금자리에 쉬고 있는
나에겐 포근한 겨울이야

그렇게 하루가 가고
나에겐 또 하나의 일 년이 지나가는 거야

한 달에 한 번

바람이 차다
조용히 집안으로 들어와
모든 창문을 닫고
이불을 머리끝까지 듬뿍 뒤집어쓴다
한 달에 한 번 올 손님을
기다리고 있다

창문이 세차게 흔들리고
바람이 잠잠한 내 방안까지
들어오겠다고 아우성이다
그럴수록 난 더 이불을 움켜쥐고
나를 동여맨다
드디어 불빛이 반짝이더니
꽝하고 터지고 말았다

한 달에 한 번
그는 꼭 그렇게 나에게 온다

항아리

신혼 첫 살림 살 때 어머니가
파란 트럭 위에 솜 방석 깔고
너 그렇게 나에게 안겨 주셨지

햇볕 드는 창가에 앉아
무심코 바라다본 베란다
속이 텅 비어 있는 너와 눈이 마주쳤지
너를 품고 산지 꽤 오래
텅 빈 너 처음엔 어둠만이 보이더니
천천히 무엇들이 보이기 시작했지

사랑 고독 행복 슬픔이
텅 빈 너의 속을 메꾸고 있었지

신혼 시절부터
여우가 다 된 여기까지
넌 언제나 내 곁에 머물러 주었지

행운목

몇 년을 같이 했을까
이름이 맘에 들어 널
품에 안고 산지가

너 또한 나를 닮아
새끼 둘을 낳아
옆구리에 달고 있다

항상 푸른 잎 하나 뽐내더니
너의 몸
서서히 거칠어지고
푸석해지니
내 마음 또한 푸석해진다

노산이라 힘들어하나
우유 한 컵
희석해 먹여주니
시원스레 받아먹는다

귀여운 새끼 둘을 선물해준
너는 내 행운의 나무

향기 속으로

아침 구름은 아직 머리 위에 흐르고
흥정계곡 물소리 아침 고요 속에 흐른다
신선한 공기
향기로운 허브
나를 정화시킨다

향기 속에 묻혀
향기를 파는
향기로운 이의 선물

서로의 일상에서
서로의 향기를 품고 살아가지만
내 생활 속에 흐르는 나의 향기는
허브향이 날까

흑과 백

바람이 차다
머리카락이 춤을 추며
온 몸이 구부정해진다

따듯한 기운
온몸을 감싸 안자
이불 속처럼 포근하다

이렇듯
삶의 사인커브 코사인 커브는
추위와 따뜻함의 연속이다

자유인

새빨간 단풍잎
노오란 들판
파아란 하늘
그 한가운데 내가 서 있다

한 점 떠도는
구름이어도 좋고
한 점 서늘하게 부는
바람이어도 좋다

작품해설

지연희 (시인,수필가)

긍정의 시선으로 펼쳐낸
아름다움

    문학은 겹겹이 막힌 감성의 통로를 뚫어 아름다운 오로라를 발견하는 작업이다. 무기력한 의식의 창을 열어 반짝이는 햇살을 가슴으로 품어내는 시문학의 길은 경이로운 존재의미의 재발견이다. 아무 생각 없는 무심한 시선을 열어 세상과의 소통을 꾀하는 문학, 메마른 세상일수록 그 유순한, 향기로운 아름다움과 손을 잡는 일이 필요하다.

    김영숙 시인이 이른 봄 나뭇가지에서 돋아나는 새순처럼 순연한 마음 밭으로 첫 시집 「문득, 그립다」를 상재했다. 맑고 깨끗한 시냇물의 유연한 흐름을 지닌 이 시집은 그대로 봄날이다. 어쩌면 시인의 심성과 외모를 접사한 듯한 시집은 그대로 사랑이다. 2006년 격월간 문학지 한국문인 신인상에 당선되어 문단에 나온 시인의 오늘은 그만큼 아름답고 향기롭다.

일 년에 허물을 네 번 벗는다
봄
여름
가을
겨울
계절이 바뀔 때마다
그녀는 그렇게 이틀씩
아니 일주일씩
이불 속에서 허물을 벗는다

계절은
그냥 그렇게 쉽게 오는 게 아니다
그 여자의
온몸에 피어나는
열꽃

– 시 「그 여자」 전문

손대면 산산이 부서져 버릴 것 같은
마른 꽃잎 하나
손등에 붙은 시퍼런 실핏줄
마지막 남은 수액을
마시고 있다

영원할 것만 같던 꽃잎

바람 부니
어깨 짓누르던 삶의 무게
새의 깃털처럼 흩어져버리고

이제는
홀가분한 모습으로 돌아서는
마른 꽃잎 하나

— 시 「마른 꽃잎」 전문

　허물을 벗는 일은 탈바꿈이다. 기존의 것에서 새롭게 변화하는 한 걸음의 변신이다. 시 「그 여자」는 일 년이면 사계절 허물을 벗는 일로 열꽃을 피워낸다. 성숙한 나를 세우기 위한 진통이다. '열꽃'이라 말하는 이 진통은 가슴으로 피워 올리는 진동이지 싶다. 이쪽 강에서 저쪽 강으로 건너기 위해 돌다리 하나씩 뛰어넘는 통과의례인 것이다. 알 수 없는 마음의 움직임이 피워낸 꽃이다. '이불 속에서 허물을 벗는다/계절은/그냥 그렇게 쉽게 오는 게 아니다/그 여자의/온몸에 피어나는/열꽃'이다.

시 「마른 꽃잎」은 애잔한 시선으로 바라보는 시인의
관심이 있다. 대상이 머문 그곳엔 병약한 인물이 보인
다. 손대면 산산이 부서져 버릴 것 같은 마른 꽃잎처
럼 쇠락한 사람 하나를 만나게 된다. 손등에 붙은 시
퍼런 실핏줄로 마지막 남은 수액을 마시는 인물이다.
영원할 것만 같던 꽃잎(생명)의 힘이 삶의 무게를 새
의 깃털처럼 내려놓고 홀가분한 모습으로 돌아서는
(세상을 등지는)마른 꽃잎이다. 앙상하게 마른 한 사
람의 마지막 생을 바라보게 한다. 생명의 유한성이 지
닌 슬픔을 확인하게 한다.

문득 네가 그립다
햇빛이 나를 비춰 그림자 하나 만들 때
초록나무 그늘아래 놓여 있을 때
그리움은
소리 없이 밀려와 온몸에 흐른다

문득 네가 그립다
찬바람이 나의 등줄기를 스칠 때
발등 위로 낙엽이 소리 없이 내려앉을 때
그리움은
나의 핏줄 속을 흐른다

문득 네가 그립다
삶의 변두리 창가에서
바람 따라 눈이 내리고
촛불이
그리움의 무게로 촛농 되어 흐를 때

문득 네가 그립다

― 시 「문득 그립다」 전문

소나기 내리는데
빗속에
그녀가 있다
비가 좋다는 핑계로

나도 따라
그녀 옆에 나란히 서 있어 본다
물줄기가 머리에서부터 흐르는데
그건 빗물이 아니라
뜨거운 그 무엇

그녀와 난
한참을 그렇게
빗속에서 마음을 씻고 있었다

― 시 「빗속에서 운다」 전문

시 「문득 그립다」는 이 시집의 표제이다. 문득 누군가가 그리울 때가 있다. 문득 그리운 사람과 조우하게 되는 이 시는 독자의 감성을 쉽게 열어 공감하게 하는 공통된 조건들을 배치하고 있다. 햇빛이 나를 비춰 그림자 하나 만들 때, 초록나무 그늘아래 놓여 있을 때, 찬바람이 등줄기를 스칠 때, 발등 위로 낙엽이 소리 없이 내려앉을 때, 삶의 변두리 창가에서 바람 따라 눈이 내리고, 촛불이 그리움의 무게로 촛농 되어 흐를 때라면 문득 누군가가 그리워지지 않을 수 없게 된다. 구체적 조건으로 제시한 그리움의 휘발성 연상적 상상어들이 독자의 공감대를 여는 열쇠가 된다.

김영숙 시에서 특징적으로 드러나는 부분은 어떤 갈등과 고뇌 속에서도 긍정적 사고로 화합하는 의식이다. 문학은 그 사람의 정신적 빛깔로 그려진 언어의 그림이기에 시인이 지닌 영혼의 농도임엔 분명할 것이다. 근 5년의 시간을 곁에서 보아왔지만 한번도 불쾌한 낯빛을 확인하지 못했던 것으로 보아 더욱 김 시인 삶의 철학이 배어난 시문학을 이해하게 된다. 가령 시 「빗속에서 운다」에서 '뜨거운 그 무엇/그녀와 난/한참을 그렇게/빗속에서 마음을 씻고 있었다' 분명

빗속에서 울고 있던 두 사람이 빗속에서 마음을 씻고
있는 모습이다. 매사를 긍정적으로 내다보는 시정신
의 반영이다.

책상 모서리에 살짝 부딪쳤는데
무릎 위 선명한 자국으로 남고
어제 네가 나에게 쏟아 부은 말들
가슴에 금을 긋는다
파도는 바위에 부딪혀 움푹한 구멍을 만들고
스스로 시퍼렇게 멍이 들어
아픈 거품을 쏟아낸다
하지만 부딪치는 곳에
항상 생채기만 남지는 않는 법
꽃과 나비는 서로 부딪치며
생명을 이어가고
사랑하는 사람들은 서로 부딪쳐
아름다운 색깔로 물들어 가고
이렇듯 서로 부딪치며 사는 거
싫든 좋든 하루가
나에게로 와 부딪치고
그렇게 살아가는 거
우린

거기에서 제일
아름다운 자국으로 남길
바라는 거

– 시 「부딪치는 곳엔 자국이」 전문

지금 이대로 머물렀으면 좋겠다

꽃잎이
떨어지는 아쉬움과 상실보다는
아름답게 꽃을 피웠다는 행복감에 미소 짓는
지금 이대로

순간을 사랑하고
사랑의 빛깔과
꽃의 향기를 간직하며
포근한 눈빛으로 머물렀으면 좋겠다

지금 이대로
머물고 싶다

– 시 「지금 이대로」 전문

부딪치는 곳엔 자국이 남는다는 당연한 이치 앞에

서 시 「부딪치는 곳엔 자국이」는 그 상처의 흔적의 크기가 시사하는 의미들이 이 시를 감상하게 하는 요점이 된다. '책상 모서리에 살짝 부딪쳤는데/무릎 위 선명한 자국으로 남고/어제 네가 나에게 쏟아 부은 말들/가슴에 금을 긋는다' 는 반추는 규정사실과 같은 불변의 작용이다. 이처럼 부딪치는 곳엔 항상 상처기가 남는 것이지만 꽃과 나비는 서로 부딪치며 생명을 이어간다는 것이다. 하루가 나에게 와 부딪쳐 살아가는 피할 수 없는 현실이라면 제일 아름다운 자국으로 남길 바라는 것이 이 시의 아름다운 정신이다.

시 「지금 이대로」에서 표명하듯이 지금 이대로 머물고 싶은 의지가 시인이 독자를 이끄는 주제의식이다. 지금이라는 이 순간의 모든 존재성에 대한 긍정적 사고가 면밀하게 드러나는 시인의 영혼의 빛깔은 앞서 언급한 대로 현실에 대한 긍정적 시선으로 확보해 놓은 시인의 세계이다. '지금 이대로 머물렀으면 좋겠다/꽃잎이/떨어지는 아쉬움과 상실보다는/아름답게 꽃을 피웠다는 행복감에 미소 짓는' 어찌 되었거나 꽃이 떨어지는 상실의 의미는 꽃나무가 지닌 생명의 절대적 수순이라고 볼 때 꽃을 피웠다는 행복감에 미소

짓는다면 꽃의 향기를 간직하며 포근한 눈빛으로 머
무를 수 있겠다는 것이다.

아이가 침대 위로 폴짝 뛰어올라
내 베개에 코를 묻더니
나를 보며 배시시 웃는다
엄마!
여기선 엄마냄새가 나
좋은 냄새
....

나에게도
잊을 수 없는 향기가 있다
오직 그에게만 느낄 수 있는 향기
세월이 지난 지금도
난 가끔 그 향기가
그립다

오늘따라
고향 쪽 별들이
유난히 빛을 발한다

– 시 「나만의 향기」 전문

젊은 날 당신이 뿌렸을 비는
희망이란 열매로 당신 곁에
큼직하니 자리 잡고
당신의 영양분을 먹고 자란 열매 곁엔
뱀 껍질처럼 쪼글해진 형태로 당신은
여전히 자리를 메우고 있습니다
아픔을 게눈 감추듯이 하신 당신
이제 더 이상 물러나지 못해
퉁퉁 부어오른 발 살며시 내밀며
미안해하십니다
일흔이 넘기시도록 맨발로
들녘의 황토밭을 누비며
토실한 열매를 열리게 해준 당신
당신의 동그라미 같은 사랑 생각하니
가슴 한 켠에서 소리 없는
비가 내립니다

어머니
사랑합니다

— 시 「어머니」 전문

시 「나만의 향기」는 아이가 엄마의 베개에 배어있는

엄마의 향기를 확인하고 있다. 침대 위에 폴짝 뛰어올라 엄마의 베개에 코를 묻는 아이의 모습이 아름답다. 베시시 웃으며 '엄마!/여기선 엄마냄새가 나/좋은 냄새' 아이가 아이의 느낌으로 간직하고 있는 엄마의 냄새는 평생 지워지지 않는 향기이다. 그것은 그리움의 원천이 되어 가슴속에서 살아 숨쉬게 되는데 지금 아이의 엄마인 화자에게도 지워지지 않는 지난 세월 속의 그 향기를 그리워하고 있다. '나에게도/잊을 수 없는 향기가 있다/오직 그에게만 느낄 수 있는 향기/세월이 지난 지금도/난 가끔 그 향기가/그립다' 는 어머니의 향기이다.

　사람이 태어나 가슴에 끌어안고 사는 영원한 그리움의 대상은 어머니일 것이다. 나에게 일어나는 모든 기쁨도 슬픔도, 행복도 그 존재로부터 시작된 원천이기 때문이다. 시 「어머니」는 그 거룩한 존재에 대한 사랑의 메시지이다. '젊은 날 당신이 뿌렸을 비는/희망이란 열매로 당신 곁에/큼직하니 자리 잡고/당신의 영양분을 먹고 자란 열매 곁엔/뱀 껍질처럼 쪼글해진 형태로 당신은/여전히 자리를 메우고 있습니다' 고단한 어머니의 일상이 자식들의 성장을 위한 희생이었지만 일흔이 넘도록 맨발로 들녘의 황토밭을 누비며 퉁퉁 부어오른 발을 내밀면서도 미안해하는 어머니를 생각하면 가슴 한 켠에 비가 내린다는 사랑이다. 평생을 다해 갚아도 다 갚지 못하는 빚쟁이가 되는 자식의 아픔이 손끝에 묻어난다.

김영숙 시인의 첫 시집 「문득 그립다」의 총체적 메시지는 긍정의 시선이다. 어떤 사물을 바라보아도 어떤 의미 앞에서도 긍정해 받아들이는 여유로운 마음이 오늘의 물 흐르는 듯한 시어의 바탕을 마련하였다. 시인 스스로가 지닌 시 정신은 삶의 철학에서 비롯된다. 어떤 영혼의 빛깔로 무엇을 말하려 하는가에 따라 그의 문학세계가 정립된다. 김영숙 시인이 펼쳐나갈 앞으로의 시문학 발전 역시 따뜻한 마음 밭으로 이룩되리라 믿는다. 그것이 바로 인간애이며 어떤 독자의 고뇌도 아우르는 절대적 위로가 될 것이기 때문이다. 나아가 세상의 많은 부정적 현상들을 긍정으로 이끄는 아름다움이 되리라 믿는다. 이 쓸쓸한 가을에 위로가 되어 줄 시집 출간을 깊이 축하한다. 🏴

문득
그립다

김영숙
感性 詩集

문득
그립다

김영숙
感性 詩集